お母さんにあえなくなってから…

志水暁子
Akiko Shimizu

文芸社

“たいせつな宝物　私のおかあさん
おかあさん”

最高にあたたかい家庭で育ちました。自営のガソリンスタンドで力を合わせて一所懸命に働く両親は、いつでもまぶしく輝いていました。

そして、子供もあきれるほど仲の良い二人を見て、私は、兄妹と共に愛情を一杯うけて育ちました。

笑顔と歌声……そこにいるだけでパッと明るくなる存在。あったかいおひさまのような母は、いつだって元気一杯だったのに……。

間質性肺炎という病で、54歳の秋にこの世を去りました。私が26歳の時のことです。

最愛の母の死……。生きていれば必ず大切な人を失う時がくる。同じような経験をしている人、それ以上の悲しみを背負って生きている人もいるはず。自分だけが悲しいわけじゃない。

そう、わかってはいるけれど、やっぱり母にあえない苦しみ悲しみがあふれでて、止められなくなることがあります。

母と突然、話ができなくなった直後から、買いおきしてあったスケッチブックに、母だけに伝えたい感情をぶつけるようになりました。

消しごむも持たずに書いた言葉は、詩とよぶにはほど遠いものかもしれない……。

言葉のかたまりなのです。

スケッチブックのページをうめるスピードがたとえ緩やかになっていったとしても、これからも続いていく言葉のかたまりなのです。

あえなくなって５年半という月日が流れた今でも、私の体はおひさまの光につつまれている……。

母は私にこう言っているのです。

どんなことも負けないで
どんなことも心をこめて
どんな時も明るくね。
わらって、わらって！　っと。

この本を手に取って下さったあなた。そして、いつも愛をいっぱいくれる大切な家族、友だち、やさしく見守ってくださっている方々に感謝の気持ちをこめて……。ありがとう。

2003年２月　　志水暁子

お母さんにあえなくなってから……

夢で

両手をつないでくれて

うれしかった….

お母さん、

うれしかったよ

小さい時から

死を考えるのが　おそろしかった…

死んでも　こわくないよ　もう

お母さんに　会えるなら

それまで私

いっしょうけんめい　生きてみる

空港で　駅で　サービスエリアで
あなたぐらいの　年の人たち
たのしそうに　どこへ　いくのか

少女のように　はしゃいで
友達と　おしゃれして
出かけたかったでしょ

ごめんね　お母さん

たのしいこと　いっぱい
したかったよね

もう　2ヶ月も　あってないね

こんなに　離れてたこと

なかったから

毎日　毎日　あっていたから

信じられない

あいたいよ　　あいたいよ

うすっぺらい 写真を

思わず 抱きしめた

少しでも ぬくもりがほしい

ストーブの前で
下着を あたためてくれた お母さん

あふれる 愛情

あなたの いない 寒い 朝

二人でよく 紅茶、おしゃべり。

あの日も 湯気のむこうに

〝おいしい！〟という
おかあさんを 見ていた

楽しく のんだ
二人の アフタヌーン ティー

お母さんの髪は　やわらかい

ゆっくり

静かに

髪をふく

やさしい時間

お母さんが私の胸に

そっと　頭を　つけた

やさしい時間

私の宝物

わかって　いるけれど

たくさんの　街の　光の　中から
見つけ出したかった、　お母さん、

ここに

あなたは　いないんだよね

こんなにも　たくさんの　灯りが
あると　いうのに　‥‥

北海道の　夜景を　みながら

街をあるく　母娘に
お母さんと私を　重ねてみる

いっしょに　買い物しようね、
あれも　これも
お母さんと　選びたいの、
つきあってよ

いっしょに　買い物しようね

子供のころのように 泣いて

おかあさん　おかあさん　おかあさんって

いつまでも　呼んだ

「お母さん

あこちゃんの

あみこみ した髪

だあーいすき」

わたしは

お母さん だあーいすき

しゃべりたい

おこられたい

ほめられたい

あまえたい

ききたい

きいてほしい

みてほしい

さわってほしい

わらってほしい

あいたい、

あなたのいない人生

淋しくて　つまらなくて　悲しい、

それでも　生きている　わたし

お母さん

どこかで　見ていてくれるの？

見ていてくれるよね

思えば
何でも かんでも
お母さんに 話した

存在が
どんなに おおきいか
安心 できる 場所か

おかあさん

わたしは

まえよりも

寒がりに なりました

あったかい

あったかい

おかあさん

冬が来ました

あったかくなりたい

心から

心から

ごめんなさいって
文字にするのが
今、まだ
つらいけど

何もかも　かなぐりすてて
おかあさんのそばにいなきゃいけなかった
いつも　いっしょに　いてくれたのに
わたしは　してあげられなかった
してもらうばかりで
何にも　おかえしできなかった

ごめんなさい

生んでくれた　おかあさんに
どうして　何も　できなかったのか
自分が　なさけない

ながい ながい 夢から

目覚めたら、

お母さん が いる

私の お母さん が いる

今日 ねむったら 明日 おきたら

朝、 おはようって お母さんがいう

私も おはようって いう

今日は 私の たんじょう日

お母さん、
あなたから 生まれた日

27才に なりました

去年は おめでとうって いってくれたね

ありがとう
ごめんなさい
あいたいな

わたしは　おかあさんの体の一部から　できた

あなたの細胞が　わたし

そして　わたしの体の一部がおかあさんでもある

心もあるよ、

ちゃんとあるよ

おかあさん　‥‥

なんにもないよ

生きてることが　つらいって

心の　しんから　思ったこと　なかったのに

あなたが　いない　ことが

ここに　いないことが

すべて　すべて　すべて　かなしい

お母さん　が　いなきゃ

なんにも　ないよ

さびしい　さびしい

少しのことが
自分の中で　消化できなくて　しかたない

お母さん、
私は　あなたと　話が　したいです
本当に　あいたい　です

今のような　生活をみて　お母さんは
きっと　おこるよね
きっと　かなしむよね

お母さんを理由にしたらいけないけれど

でも　でも

何もかも　ここに、あなたが　いないから。

98.3.

季節は

春に むかって

一歩　一歩

一日　一日

かわりつつある

私の 心も

今の 季節の ように

少しずつ

あたたかく なると いいな

そう なりたい.

意欲がない
何もかもに・・・

心の底から　笑えた
楽しくて　あったかい
あの頃に　もどりたい

今
自分の　未来は
楽しくないものに　おもえて　しょうがない

お母さん　私を　しかって下さい、

お母さん
私、着物を きようと思うの
4月5日
結婚式に よばれたから
久しぶりに きようと思うの

あなたの思いが いっぱい いっぱい つまった着物

きっと着たら
あこちゃん きれいだねって いってね

でも私
泣けそうです 涙がとまらなくなる
それがこわくて まだ まよってます

私の中の 心のハードル
どうか とべる ゆうき 下さい

夢

久しぶりに
あえた

お母さんは
かわらずに

両手を ひろげて

笑顔が あふれていた

お母さんは
かわらずに
いてくれる

いっただきやーす

よく
ふざけて いった
あなたの ことば

夜ごはん の とき
いつも
きこえてきます

元気で がんばって ！

そう いわれているようです

毎日きく あなたの声

お天気のよい　日よう日

朝日にかがやく　南の窓
ポカポカ　あったかい　場所で
新聞をみながら
ごろごろ　ねている
お母さん

朝昼ごはん　歌をうたいながら

いっしょにつくる
お母さん

庭の植木　はりきって枝をきる
お母さん

いっぱいの　洗たくもの
風に　ゆれてる

くつ下のさきっぽは
ちゃんと　いわれた　とおりに　しています

お母さんへ

くも ひとつない 五月の空
しずかな 日よう日

朝はやく お父さんは お墓まいり
一人で でかけた さみしいだろうな

がらん とした
日よう日の あさ

あなたが今、ここに いないことを
思いすぎています

あなたのように
あったかくて あかるい五月さいごの 日よう日

あなたを おもっています

お母さん

あしたの荷づくりしてるんだよ私

あした私の荷物は神戸にいくんだよ

ちゃんとみてくれているよね

私、いいよね ‥‥

行ってもいいよね ‥‥

教会で
あなたのこと、思いました
あなたの 存在を 感じました

うれしくて 悲しくて なきました

なみだが とまらなくなって‥‥

でも あったかい お母さんのこと
光かがやく 神さまのところで
感じました

彼が 私に
がんばれ って いってくれたの
聞いてた？

うれしくて また なきました

ちょっと おそくなったけれど
わたしたち けっこん しました

ウェディングドレス に 身をつつんだとき
ふと、 写真の
あなたの かわいい 花嫁姿を
思い出しました

うすもも色の 打ち掛け姿…
私の中で
いちばん きれいで かわいい 花嫁姿

できあがった 私を 鏡にうつし
あなたに
見て！おかあさん ，て いいました

よろこんでくれている あなたのこと
思いながら…

おかあさん ありがとう ありがとう

おとうさん と みんなのこと
おかあさん と タロウと
見守って 下さい
よろしく お願いします

空でも
タロウは 元気かな
ありがとうね

はしり書きの　あなたの料理レシピ
家でみつけました
なつかしい　あなたの文字

これ　おいしそうでしょ、つくろうね

わたしのとなりで
やさしく　わらいながら
話しかけてくれてる　みたいです
そっと、この紙を　渡してくれたみたいです

やっぱり　お母さんは　いる、ここに　いる、
すぐに　あえる、　はなせる、

そう思えて　しょうがないです

文字が　あったかい　....

あなたの書いた　１文字から　さえも
愛情を感じとりたいと思います

わたし は
いまだに
あなたに
あえないこと
心から
わかってない

あいたい

あなたの
ふわふわした
やさしい 体に
ふれたい です

わたしの お母さん

あいたい です

いつまでも
メソメソと
ないてちゃ
いけないこと
わかってるけど

涙が とまらない日が あります

どうしても
どうしても

お母さんに あいたいから

あきらめきれないから

いつも
ないていて
ごめんなさい

月日が 私の心を
かるく してくれるのでしょうか

そうは思えない

あの日と同じ感情が
たやすく いつでも
あふれてきて しまいます

まったく うすれることなく
あふれてきて しまいます

苦しくても
しかたのないことでしょうか

答えがない

おかあさん
また　おもいだしちゃった

あなたに
相談したいこと
たくさん　あるよ

おかあさん
おかあさん
涙が　でるね

どうして
あえないのかね

あいたいよ

ねむれない 夜明けに
思い出してしまう

あなたが なくなった 時のこと

うすももいろの 秋の空
夜明けの空に

すぅーと まっすぐ
すいこまれていった
あなたのこと

あの空と
あの時の 空気と
すいこまれていった しずかな音を

ねむれない 夜明けに
思い出してしまう

儀式 や 法要の時じゃない

あなたを 必要とし
あなたを 愛しく思い
あなたを 慕い
あなたを 悲しむ時

日常の あふれでる小さな でき事
ふとした 空気に

あなたを おもうのです

指の形

笑い声

足のささくれ

自分の

手のぬくもりからさえ

あなたを感じています

コロッと　かわいい体型
ショートヘヤー
同じ香りを　つかう人に
出会いました

とまどいと
なつかしさと
うれしさ

少しだけ　目をとじて
その人の　そばに　立ちました

おかあさんのそばに立ちました

心ぞうが　トクトク　しました

げじげじまゆげ
てかてかの肌
下手な うす化粧

髪をゆって
振り袖をきた 私の肩に

そっと手をのせて
うつした写真 二人の写真
20才の写真

キラキラした ひとみ
さわやかな えがお
お母さんの表情は あかるく

〝私の娘です。20才になりました。〟

ほこらしげに まんぞくそうに
ひかり かがやいている……

はっと するほど
かがやいている……

花を　かいます

部屋に　緑が　なくなると

花を　かいます

これと　これと　下さい
これは　いくら　?

枝も　葉っぱも　花びらも　つぼみも

二人で　えらんで

花を　かいます

あの頃　みたいに・・・・

パジャマ姿で　ごろんと　ころがる
夏の夜

パサパサと　うちわで　あおぐ風が、
ふと　なつかしい風も　つれてくる

おさない頃
あなたが　あおいでくれた
わたしが　ねむってしまうまで
いつまでも　ふきつづける　やさしい風…

あつくても　幸せだった　こと
思いだす　ひとあおぎずつ
たしかめるように　ひとあおぎずつ

自分の 命が
もう わずかだと 知った あなたが
書いた 日記を みつけてしまった

少しでも 近づきたくて …
考えを 知りたくて …
私に のこしてくれたかもしれない 言葉を
みつけたくて …
探していた 遺品の中

何も書いてないはずの 日記帳に
数日間 だけある あなたの文字

わずかと わかった命を 悲しみ
のこされるだろう 愛する夫の さびしさを 察し
子供たちの 幸せ ばかりを いのる言葉

1つ 1つ の文字を おちついて みれませんでした

あわててしまった 本だなに もたれ
いつまでも 涙が とまらなかった

生き別れ だった 親子が やっと会えた
せつなくて うれしくて 私も テレビを見て
涙が こぼれる 場面

生きていれば
生きてさえいれば
いつか 会える
お母さん っていって
抱きあってる人々を見ていて　　わたしは

あなたには 会えないんだ
体温を 感じられないんだと
違った涙も こぼれる

今日は何のごはん？

お母さん
おしえて….

あなたにくっつきながら
おもいきり　あまえたい

亡くなった人は
美化される

そう　言われるだろう

けれど
ちがうよ

お母さん　あなたは

あなたは。

1人で 家にいるとき

だれも いないこと
わかってるけど
Tel してみる

あなたと話が できたのなら
どんなに
楽しいだろう
幸せだろう

天国には Tel ないのですか
声を ききたいのです

会えなくなって
もうすぐで 2年 ・・・・

おかあさん
って
呼んでみた

ねえ　おかあさん
って
話しかけてみた

とっても　ふつうに
あなたが 答えてくれるような
そんな 気が したから

人は
幾度も 生まれかわり
愛する人に
めぐりあい わかれて
また生まれて… めぐりあう

それが ほんとうなら !!
お母さんに また あえるから…

それがほんとうで ありますように。

わたし　という人間は

あなたに　もらったものを

いっぱい　いっぱい

体じゅうに　くっつけて

今を　生きてる

あえなくなってからも　かわらず

あなたに　もらうもの　ばかりです

それを

体じゅうに　くっつけて

あったかい

お日様に　あたってるみたいに

やさしいぬくもりで　つつまれている

ながすぎる
服のすそ

まつりぬいは　やり直せずにいた
あなたがした　まつりぬいを
ほどきたく　なかった　から.

1針　1針　が　いとしい　母の跡
2重に　縫ってあるから　笑えた、
あなたらしいね…

これを
どんな気持ちで　していたのかな

思いきって　ハサミを入れ
あなたの　心　が　少しでも　わかるかなと
ためすように　糸を　ほどく　….
ゆっくりと　ほどく　…

私

紙がすき
糸がすき
色がすき
布がすき
花がすき
歌がすき

うかんでくる〝すき〟は

あなたが〝すき〟なものだった

愛する人のそばで笑ってる時　私は
あなたを　おもいます

朝日をあびた時も
洗たく機をまわす時も
電車にのる時も
習いごと　している時も
夕食の買物にでかける時も
道端の花が風でゆれる時も

私は、私は、私は、

あなたを　おもうんです。

わたしが うれしい 時

あにちゃん よかったね―― ってね

かならず 言ってくれる

それが もっと もっと うれしい 時になる

たいせつな宝物

私の おかあさん

おかあさん

この目には
見えないけど
そっと 空気
指で なぞって
あなたを 感じながら
毎日 生きています

さむくて
忙しい
冬の夕暮れ

なぜか お母さんは
何もしゃべらずに
どこかへ 行ってしまう

そんな かなしい夢を見た 冬の日、

あなたの体を休めることを 二の次にした
私の若さと おろかさを 悔やみ せめた冬の日、

かなしい夢の つづきは
私の心の おくに いく ....

おそろしい夢を見た…

目が さめたとき

こわくて

あなたに あいたくて

ないた

今

私の おなかに いる 赤ちゃん が

あなた なら いいのに

そうしたら

また いっしょに いられるね

こんどは

大切に

まもるよ

私が

命を かけて

春が そこまで きてる

ちらし寿し は そんなに好きじゃない

でも
でも

お母さん の 作ってくれたの

食べたいよ、

もう 一度　食べたい

菜の花の ように あったかくて 明るい

春一番の 味

春の
夕方の
あかるい空、雲をみて

いつまでも
どこまでも
あなた を おもう

子供として、
娘として、
同じ女性として、

あなたから生まれた 私。
一人の人間として、

甘えたい、 語りあいたい。
やさしく 抱きしめられたい。

そんな感情ばかりが
波のようにうちよせ
砂浜へ しみてゆく

おかあさん、

もう何日かしたら

赤ちゃん　うまれてきます

私のこと

見守っていて下さい

赤ちゃんを

だいて下さい

私と　いっしょに

おかあさんに　だっこしてもらいたい…

娘が 生まれ

自分の 命が おしくなった

そして ....

あなたに、あなたに、

もっと、
ずっと、

あいたくなってしまった。

おかあさん、

子育ては

あなたがしてくれた、

私へ そそいでくれた、

愛情への 発見と

その量の 多さに

びっくりする 道のようです

この娘の そばに いることで

私は、

もう一度
あなたから 愛情を
もらっている 気がしてならない

こんなにも たくさんの ぬくもりの中
幸せで、幸せで、そだったんだと

この娘に ふれると
わかってしまうんです。

寝つく まえに

やみ夜で にぎる

この娘の 手から

お母さん

あなたを 感じてます

おやすみなさい

愛しい 命よ

あなたの まねして

この娘に よびかけた

やさしさと たのしさのあふれる

あなたの声を思い出して….

流れる涙をふく間もなく

抱きついてくる この娘のこと、

そして わたしのこと、

だきしめてください

あなたが

よく　うたっていた

みかんの花咲く丘

あなたに近づきたくて

うたってみるけれど

せつなくて

詩が　せつなくて

おわりに　とどかず　のみこんで

海を、ふねを、みつめる

“どうしたの　どうしたの？

どうしたドリが鳴いてるね。”

あなたが名づけた鳥

コジュケイの声が

やさしく　やさしく　響くよ。

山に　……

心に　……

世界中で　たった　ひとりの
愛しい人に　よりそい

いつまでも
恋を　している
少女のような　あなたが
かわいくって、素敵で、

わたしの　誇り
わたしの　目標

あなたが好きなのは
小さくて美しいのに しっかりした茎の花
やさしい 緑色の 葉っぱ
たのしい 形の 枝

“どこからみても
きれいに みえると いいね、”

そう いいながら
すててしまいそうな 小さな 花を 生けた
最後に、
ていねいに ゆっくりと。

私は 私は おそわった
あなたに 生き方を おそわった

〝
あこちゃん
泣かないで
わらって！　わらって！
〟

うたうように　あなたがいう

悲しくて　泣いているのに
なんだか
泣き笑いに　なってきて

顔をあげて　笑った
二人で　笑った

あったかい　あったかい　あなたの
素敵な　まほう

著者プロフィール

志水 暁子（しみず あきこ）

1971年、愛知県豊橋市に生まれる。
現在、神戸市在住。

お母さんにあえなくなってから…

2003年３月15日　初版第１刷発行

著　者　志水 暁子
発行者　瓜谷 綱延
発行所　株式会社文芸社
〒160-0022　東京都新宿区新宿1-10-1
電話　03-5369-3060（編集）
03-5369-2299（販売）
振替　00190-8-728265
印刷所　神谷印刷株式会社

ISBN4-8355-5381-0 C0092